Sobotnia zupa babci
Grandma's Saturday Soup

Written by Sally Fraser

Illustrated by Derek Brazell

Polish translation by Jolanta Starek–Corile

W poniedziałek rano mama wcześnie mnie obudziła.
„Wstawaj Mimi i ubieraj się do szkoły".
Wygramoliłam się z łóżka zaspana i zmęczona,
i rozsunęłam zasłony.

Monday morning Mum woke me early.
"Get up Mimi and get dressed for school."
I climbed out of bed all sleepy and tired,
and pulled back the curtains.

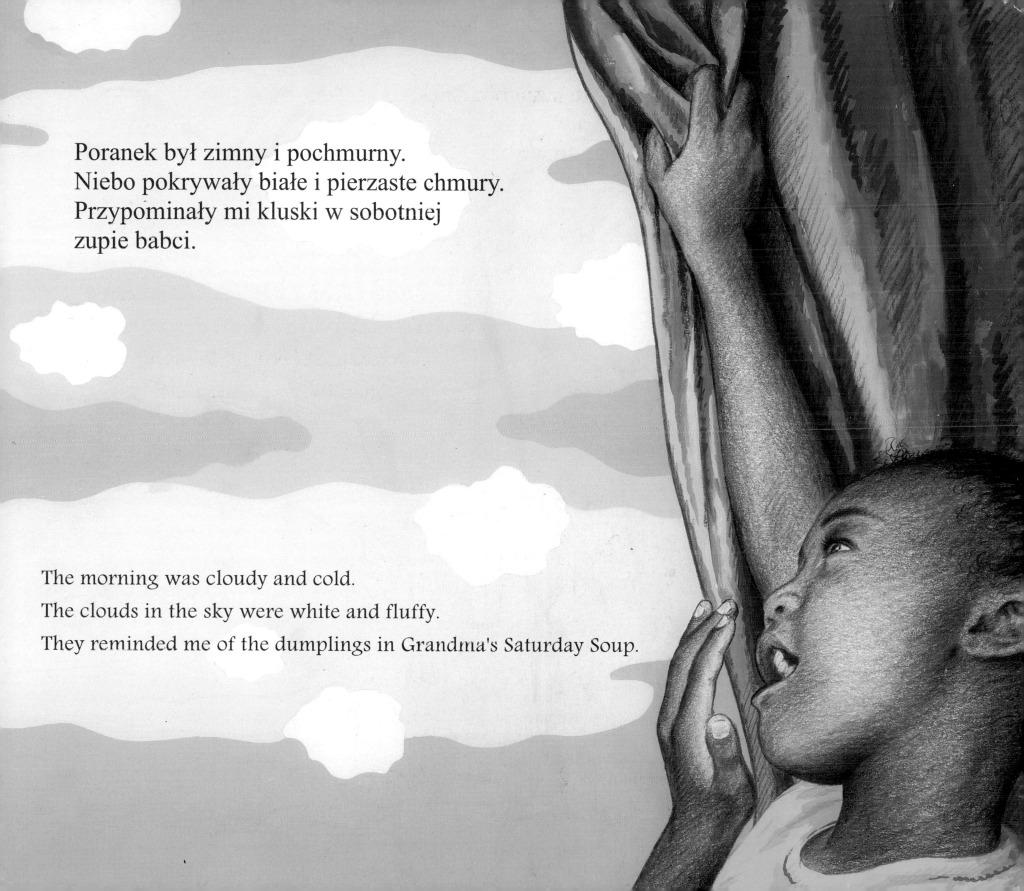

Poranek był zimny i pochmurny.
Niebo pokrywały białe i pierzaste chmury.
Przypominały mi kluski w sobotniej
zupie babci.

The morning was cloudy and cold.

The clouds in the sky were white and fluffy.

They reminded me of the dumplings in Grandma's Saturday Soup.

Babcia opowiada mi o Jamajce, kiedy ją odwiedzam.

Grandma tells me stories about Jamaica when I go to her house.

„ Chmury nad Jamajką zwiastują ulewny deszcz.
Jakby ktoś odkręcił na niebie kran.
Ciepły wietrzyk je rozwiewa i ponownie
wyłania się słońce".

"The clouds in Jamaica bring the heaviest rain.

It's like someone has turned the tap on in the sky.

The warm breeze moves them on and the sun comes out again."

We wtorek tata zaprowadził mnie do szkoły.
Było zimno i śnieg skrzypiał pod nogami. W nocy nieźle posypało.

Tuesday morning Dad took me to school.
The day was cold and crisp; it had snowed in the night.

Śnieg jest biały i gładki jak środek przekrojonego korzenia yam.
Jest taki sam jak yam w sobotniej zupie babci.

It's white and smooth and looked like the inside of a sliced yam.

Just like the yam in Grandma's Saturday Soup.

Babcia mówi, że biały, sypki piasek na plaży jest podobny do pierwszego śniegu, ale nigdy nie jest zimny.

Grandma tells me that the white powdery sand on the beaches looks like fresh snow but it's never cold.

Zastanawiam się, czy mogłabym ulepić
bałwana z białego piasku?
Czyż nie byłoby to zabawne?!

I wonder if I could make a sandman with the white sand?
Wouldn't that be funny?!

W środę spadło więcej śniegu. Było zimno,
ale ja byłam ciepło ubrana.
*Babcia opowiada mi o Jamajce,
kiedy ją odwiedzam.*

Wednesday the snow fell harder. It was cold but I was wrapped up warm.

Grandma tells me stories about Jamaica when I go to her house.

„*Codziennie świeci słońce. Słońce łagodnie opala twoją skórę i nosi się tylko krótkie spodenki i koszulkę z krótkim rękawem*".
Jest ciepło każdego dnia? Krótkie spodenki z koszulką?
Nie mogę w to uwierzyć.

"*The sun shines every day. The sun is warm on your skin and you only need to wear your shorts and a T-shirt.*"
Warm every day? Shorts and T-shirt? I can't believe that.

W czasie popołudniowej przerwy lepiliśmy śnieżki
i rzucaliśmy się nimi.

At afternoon play we made snowballs
and threw them at each other.

The snowballs remind me of the round soft potatoes in Grandma's Saturday Soup.

Śnieżki przypominają mi okrągłe i miękkie kartofelki w sobotniej zupie babci.

We czwartek po szkole poszłam do biblioteki
z moją przyjaciółką Laylą i jej mamą.

On **Thursday** I went to the library
after school with my friend Layla
and her Mum.

Kiedy mijałyśmy park, zauważyłyśmy, jak zaczynają rozwijać się małe cebulki roślin. Niewielkie zielone kiełki przebijały się spod śniegu. Wyglądały jak szczypiorek w sobotniej zupie babci.

As we passed thc park we saw the little bulbs starting to grow. The little green shoots poked through the snow. They looked like the spring onions in Grandma's Saturday Soup.

Grandma tells me about the wonderful plants and flowers in Jamaica.
"In Jamaica the most beautiful flowers grow wild.
They are all different colours and sizes
and their smell fills the air."
I've never seen flowers like that before,
I wonder if she's only joking?

*Babcia opowiada mi o cudownych roślinach i kwiatach
na Jamajce.*
„Na Jamajce najpiękniejsze kwiaty rosną dziko.
*Są w różnych kolorach i kształtach, a swoim zapachem
wypełniają wokoło powietrze''.*
Nigdy przedtem nie widziałam takich kwiatów.
Ciekawa jestem, czy ona tylko żartuje?

W piątek mama i tata spóźnili się do pracy.
„Pospiesz się Mimi i weź sobie jakiś owoc do szkoły".

On **Friday** Mum and Dad are late for work.
"Hurry Mimi, choose a piece of fruit to take to school."

Spojrzałam na misę z owocami.
Mam wybrać pomarańczę, jabłko czy gruszkę?
Jabłko i gruszkę, bo kolorem i kształtem przypominają mi
słodką bulwę cho-cho w sobotniej zupie babci.

I looked at the bowl full of fruit.

Should I choose an orange, an apple or a pear?

The apple and pear; their colour and shape remind me

of the cho-cho in Grandma's Saturday Soup.

Babcia opowiada mi o owocach na Jamajce.
„Na Jamajce można pieszo chodzić do szkoły, a po drodze
możesz zerwać z drzewa dojrzałe, słodkie i soczyste mango".

Grandma tells me about the fruits in Jamaica.

"In Jamaica you can walk to school and pick a piece of fruit

from a tree, a ripe mango all juicy and sweet."

Po lekcjach, w nagrodę za dobre stopnie, mama z tatą zabrali mnie do kina.
Kiedy dotarliśmy na miejsce świeciło słońce, ale nadal było zimno.
Chyba nadchodzi już wiosna.

After school, as a treat for good marks, Mum and Dad took me to the cinema.

When we got there the sun was shining, but it was still cold.

I think springtime is coming.

Film był ciekawy, a kiedy wychodziliśmy z kina nad miastem zachodziło słońce.
Zachodzące słońce było duże i pomarańczowe jak dynia w sobotniej zupie babci.

The film was great and when we came out the sun was setting over the town.
As it set it was big and orange just like the pumpkin in Grandma's Saturday Soup.

Babcia opowiada mi o wschodach i zachodach słońca na Jamajce.
„Słońce wstaje wcześnie i sprawia, że czujesz się wypoczęta i gotowa
na powitanie nowego dnia".

Grandma tells me about the sunrise and sunsets in Jamaica.
"The sun rises early and makes you feel good and ready for your day."

„Kiedy zachodzi słońce, na niebie pojawia się księżyc,
a za nim miliony migoczących jak brylanty gwiazd".
Miliony gwiazd, nie potrafię sobie tylu wyobrazić.

"When it sets and the moon comes out she is followed by a million stars
that look like diamonds twinkling in the night sky."
A million stars, I can't even imagine that many.

W sobotę poszłam na lekcję tańca.
Muzyka była smutna i powolna.

Saturday morning I went to my
dance class. The music was slow
and sad.

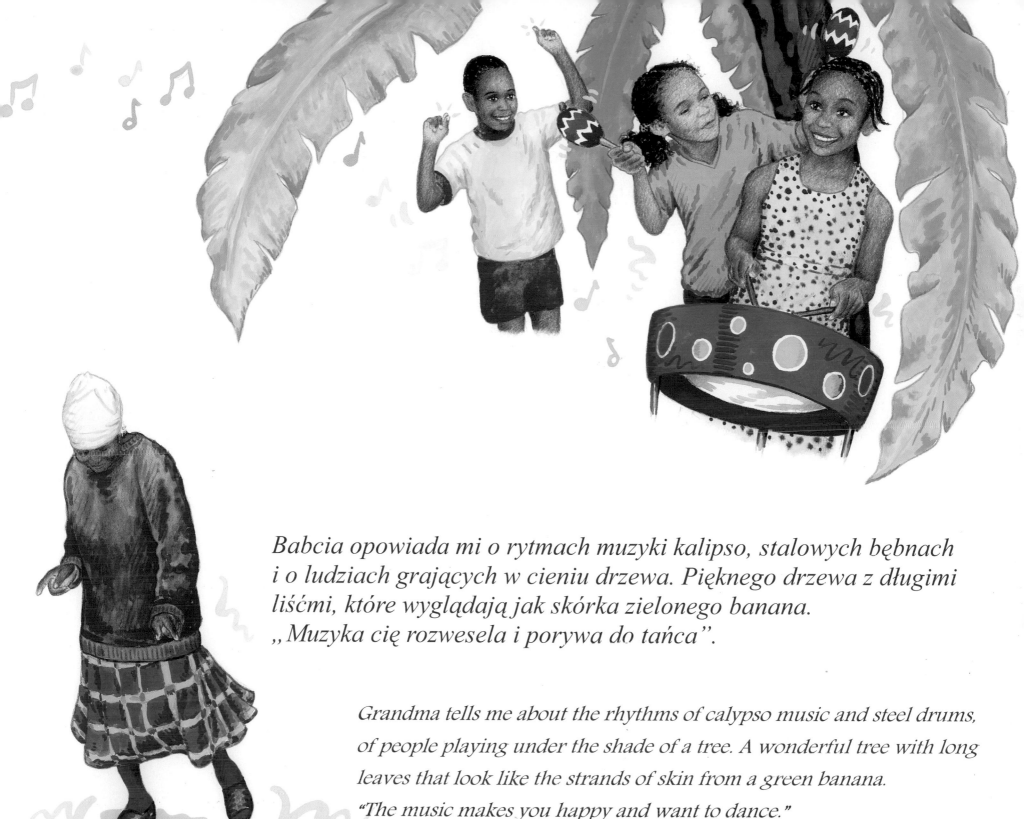

Babcia opowiada mi o rytmach muzyki kalipso, stalowych bębnach
i o ludziach grających w cieniu drzewa. Pięknego drzewa z długimi
liśćmi, które wyglądają jak skórka zielonego banana.
,, Muzyka cię rozwesela i porywa do tańca''.

Grandma tells me about the rhythms of calypso music and steel drums,
of people playing under the shade of a tree. A wonderful tree with long
leaves that look like the strands of skin from a green banana.
"The music makes you happy and want to dance."

Mama odebrała mnie po zajęciach. Jechaliśmy samochodem.
Po drodze minęliśmy moją szkołę. Skręciliśmy w lewo za parkiem i pojechaliśmy
prosto mijając bibliotekę. Przejechaliśmy przez miasto do momentu,
gdzie znajduje się kino. Stamtąd było już niedaleko.

Mum picked me up after class. We went by car.
We drove down the road and past my school. We turned left at the park and on past the
library. Through the town, there's the cinema and not much further now.

Byłam głodna. Naprawdę zgłodniałam. W końcu dotarliśmy do babci.

I was hungry. Really hungry. At last we arrived at Grandma's.

Podbiegłam do drzwi wejściowych i poczułam smakowity zapach. To zielone banany, słodka bulwa cho-cho i korzeń warzywa yam, kluseczki, kartofelki i dynia...

I ran to the front door and could smell a delicious smell.
It's green bananas, cho-cho and yams, dumplings, potato, and pumpkin...

szczypiorek, kurczak, szczypta wiejskiej
przyprawy babci i dużo rosołu.
To sobotnia zupa babci!

spring onions, chicken, a good pinch of Grandma's
country seasoning and a lot of chicken stock.
It's Grandma's Saturday Soup!

W niedzielę zaprosiliśmy na obiad przyjaciół. Mama z tatą dobrze gotują, ich dania są smaczne, ale ja ponad wszystko na świecie uwielbiam sobotnią zupę babci.

On **Sunday** we had friends at our house for dinner.
Mum and Dad are good cooks, their food is nice but my favourite food in the whole wide world is **Grandma's Saturday Soup**.